Franklin Wants a Badge

From an episode of the animated TV series *Franklin* produced by Nelvana Limited, Neurones France s.a.r.l. and Neurones Luxembourg S.A., based on the Franklin books by Paulette Bourgeois and Brenda Clark.

TV tie-in adaptation written by Sharon Jennings and illustrated by Shelley Southern, Jelena Sisic and Alice Sinkner

Based on the TV episode *Franklin's Badge*, written by Karen Moonah.

Franklin is a trademark of Kids Can Press Ltd.
The character Franklin was created by Paulette Bourgeois and Brenda Clark.
Text © 2003 Context*x* Inc.
Illustrations © 2003 Brenda Clark Illustrator Inc.

Kids Can Press acknowledges the financial support of the Ontario Arts Council, the Canada Council for the Arts and the Government of Canada, through the BPIDP, for our publishing activity.

Kids Can Press Ltd.
29 Birch Avenue
Toronto, ON M4V 1E2

www.kidscanpress.com

Series editor: Tara Walker
Edited by David MacDonald and Jennifer Stokes

Printed in Hong Kong, China, by Wing King Tong Company Limited

The hardcover edition of this book is smyth sewn casebound.
The paperback edition of this book is limp sewn with a drawn-on cover.

CM 03 0 9 8 7 6 5 4 3 2 1
CDN PA 03 0 9 8 7 6 5 4 3 2 1

National Library of Canada Cataloguing in Publication Data

Jennings, Sharon
    Franklin wants a badge / Sharon Jennings ; illustrated by Shelley Southern, Jelena Sisic and Alice Sinkner.

(A Franklin TV storybook.)
The character Franklin was created by Paulette Bourgeois and Brenda Clark.

ISBN 1-55337-467-3 (bound).   ISBN 1-55337-468-1 (pbk.)

I. Southern, Shelley II. Sisic, Jelena III. Sinkner, Alice
IV. Bourgeois, Paulette V. Clark, Brenda. VI. Title.
VII. Series: Franklin TV storybook.

PS8569.E563F7327 2003   jC813'.54   C2003-901304-9
PZ7

Kids Can Press is a *Corus*™ Entertainment company

Franklin Wants a Badge

Kids Can Press

FRANKLIN belonged to the choir at school and the chess club at the library. He was on the soccer team at the park and the swim team at the pond. Tonight, Franklin was joining the Woodland Trailblazers. He could hardly wait to start earning badges.

Franklin hurried home after school. He rushed to his room and got out his brand new Trailblazer uniform. He put on his vest and his hat. Then he fastened his belt and tied his scarf.

"I'm ready to go!" he declared.

His mother laughed.

"Trailblazers doesn't start for two more hours," she said. "You have time to do homework."

Franklin sighed.

At six o'clock, Franklin was waiting at the door.

"We've got to go," he called to his father. "I don't want to be late for Trailblazers."

Franklin and his father headed to the town hall. It was starting to get dark, and Franklin felt all shivery with excitement. He ran ahead a little bit and called back to his father.

"Come on," he urged. "I want to be the first one to earn a badge!"

At the hall, Franklin left his father and went to the meeting room.

"Come join our circle," invited Leader Fox.

Franklin sat between Bear and Jack Rabbit. He stared at Jack Rabbit's vest.

"You sure have a lot of badges," he said.

"I've been a Trailblazer for three years," explained Jack Rabbit.

"Three years!" exclaimed Franklin. "I don't want to take *that* long to get my badges."

Soon the meeting got started. Franklin learned the Trailblazer promise.

"I will work hard, help others and be cheerful," he recited.

He learned the Trailblazer call.

"A-WOOO! A-WOOO! A-WOOO!" howled Franklin.

He learned the Trailblazer
handshake.
    Franklin shook hands all
around the circle.

He stopped at Leader Fox.
"When do we get badges?"
he asked.

Leader Fox smiled.

"Over the year, we'll be working on lots of badges," he replied. "There's a swimming badge and a skating badge and —"

Franklin interrupted.

"I can swim and skate," he said. "Can I get those badges now?"

"We'll earn those badges together," said Leader Fox. "We'll go skating in January and have a swimming party next June."

Franklin counted out the months on his fingers. January and June were far away.

Leader Fox called everyone over to the craft table.

"Right now, we're going to make kites," Leader Fox said. "Then we'll donate them to Woodland's Day Care Centre."

"Next week, we'll get started on our Halloween costumes," he added. "We're going to put on a parade for the Children's Hospital."

"By November, you'll all have earned your Community Badge," he finished.

Everyone cheered, but Franklin frowned. November seemed almost as far away as January.

Leader Fox gave out fabric and ribbons and string.
Then he handed out glue and scissors and magic
markers. Soon everyone was busy making a kite.

And soon, there was a big mess on the floor.

"Who would like to volunteer for clean-up?" asked Leader Fox.

"Is it for a badge?" asked Franklin.

"It can be," Leader Fox replied. "If you clean up after craft time for the rest of the year, you will earn your Helper Badge."

"The rest of the year!" exclaimed Franklin. "No wonder it took three years for Jack Rabbit to get all those badges."

Franklin sighed as he swept up the garbage. He sighed even louder as he cleaned up the glue.

"Well done, Franklin," said Leader Fox. "You are demonstrating the Trailblazer promise – working hard and helping others."

"I thought he was supposed to be cheerful, too," pointed out Beaver.

Everyone laughed. Franklin managed a very tiny smile.

Franklin finished the clean-up and joined the others. He was just in time for snacks. He watched as Leader Fox put out glasses of milk and lots of chocolate chip cookies.

"Do we get snack time every week?" asked Franklin.

"Sure do," said Leader Fox. "Trailblazers work hard and need energy."

"Hmmm," said Franklin.

Then it was time for games. Leader Fox showed everyone how to play Find the Trail. Afterwards, they played Climb the Mountain.

"Do we play games every week?" asked Franklin.

Leader Fox nodded.

"And now we're going to sing songs," he said. "Trailblazers get to have lots of fun."

"Hmmm," said Franklin.

Leader Fox called everyone back to the circle. He held a carved walking stick in his hand.

"This is our Trailblazer staff," he said. "Every week, the hardest-working Trailblazer gets to take it home."

Leader Fox gave the staff to Franklin.
"Congratulations," he said. "You are a wonderful
Trailblazer."
This time, Franklin's smile was huge.

Soon the meeting was over, and the
Trailblazers hurried to find their parents. Franklin
marched home with the Trailblazer walking stick.
He told his father everything he had done and
learned. He even demonstrated the Trailblazer call.

"A-WOOO! A-WOOO! A-WOOO!" cried Franklin
into the dark.

"A-WOOO! A-WOOO! A-WOOO!" he heard
back again and again.

"And you know the very best thing about
Trailblazers?" Franklin said to his father.

"It will take me three whole years to earn all my badges!"

Vive l'automne!

Les feuilles
au cours
des
saisons

Martha E. H. Rustad

Illustrations d'**Amanda Enright**

Texte français d'**Isabelle Montagnier**

Éditions
SCHOLASTIC

Pour mes fils, dont la passion du jeu « I spy » m'a inspirée —M.E.H.R.

Catalogage avant publication de Bibliothèque et Archives Canada

Rustad, Martha E. H. (Martha Elizabeth Hillman), 1975-
[Fall leaves. Français]
        Les feuilles / Martha E.H. Rustad ; illustrations d'Amanda Enright ;
texte français d'Isabelle Montagnier.

(Vive l'automne!)
Traduction de : Fall leaves.
ISBN 978-1-4431-3643-3 (couverture souple)

1. Feuilles--Ouvrages pour la jeunesse. 2. Automne--Ouvrages
pour la jeunesse. I. Enright, Amanda, illustrateur II. Titre. III. Titre :
Fall leaves. Français.

QK649.R8714 2014   j581.4'8   C2014-901415-5

Édition publiée par les Éditions Scholastic, 604, rue King Ouest, Toronto
(Ontario) M5V 1E1, avec la permission de Millbrook Press.

5 4 3 2 1   Imprimé au Canada   119   14 15 16 17 18

Le texte a été composé en caractères Slappy Inline 18/28.

Table des matières

Chapitre un

L'observation des feuilles

Partons à la recherche de belles feuilles d'automne.

Regarde! Je vois une **feuille rouge.**
Sais-tu pourquoi les feuilles changent de couleur?
Observons-les de près.

Regarde! Je vois plein de petites lignes. Ce sont des nervures. Elles alimentent toute la feuille en eau.

Les feuilles utilisent l'énergie solaire.

Elles absorbent le **gaz** dans l'air à travers des trous minuscules.

Les feuilles transforment le gaz, la lumière du soleil et l'eau en nourriture pour l'arbre. Leurs nervures transportent cette nourriture jusqu'à l'arbre.

Ce processus s'appelle la photosynthèse.

Chapitre deux

Hiver, printemps, été, automne

Observons un arbre **au fil des saisons.**

Regarde! Je vois des branches nues et sèches.

En hiver, beaucoup d'arbres n'ont pas de feuilles.
On dirait qu'ils sont morts. Ils ne grandissent pas
durant les journées courtes et froides de l'hiver.

Les arbres à feuillage persistant ont des feuilles en forme d'aiguilles et les gardent tout l'hiver.

9

Regarde! Je vois un tout **petit bourgeon** sur une branche.

Au printemps, les journées sont plus longues. Le soleil réchauffe les bourgeons.

La pluie arrose le sol. L'eau remonte des racines jusqu'au tronc, puis jusqu'aux branches de l'arbre.

Regarde! Je vois une minuscule **feuille verte.**

La lumière vive et les longs jours d'été font pousser les feuilles. À l'intérieur de chaque feuille, il y a beaucoup de couleurs. Mais l'été, seul le vert est visible.

Les parties vertes à l'intérieur de la feuille contiennent de la **chlorophylle** qui fabrique de la nourriture pour l'arbre.

Regarde! Je vois des feuilles d'automne colorées. Les journées sont plus courtes. Les feuilles arrêtent de fabriquer de la nourriture. Elles perdent leur couleur verte.

ÉCOLIERS

Maintenant, on voit du rouge, de l'orange, du jaune et d'autres couleurs. Ces feuilles aux couleurs vives tourbillonnent.

La couleur automnale d'une feuille te donne un indice sur sa provenance : les érables ont des feuilles rouges ou orange. Les bouleaux et les peupliers ont des feuilles jaunes. Les chênes ont généralement des feuilles brunes.

15

Chapitre trois

La chute des feuilles

Regarde! Je vois tomber une feuille!

En automne, l'eau ne se rend plus jusqu'aux feuilles. La partie qui relie la feuille à la branche devient fragile. Quand le vent souffle, la feuille se détache et tombe.

Selon son emplacement sur l'arbre, une feuille recueille plus ou moins de lumière et d'eau. Par conséquent, les feuilles d'un arbre changent de couleur et tombent à des moments différents.

Les feuilles mortes sèchent et se désintègrent. Les petits morceaux de feuilles mortes se mêlent à la terre.

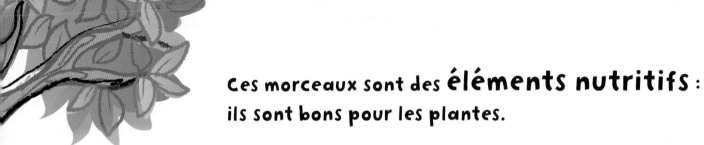

Ces morceaux sont des **éléments nutritifs** :
ils sont bons pour les plantes.

Les racines recueillent ces éléments nutritifs
et les transmettent aux plantes qui poussent.

Regarde! Je vois une marque sur cette branche.

En hiver, une écaille recouvre le bourgeon et le protège du froid et de la sécheresse.

Quand la feuille tombe, elle laisse une **toute petite cicatrice.** Durant l'été, un bourgeon s'est formé juste à côté de la feuille.

Les bourgeons attendent tout l'automne et tout l'hiver. Au printemps, ils donnent de nouvelles feuilles.

Ces feuilles fabriquent à leur tour de la nourriture pour l'arbre. Elles l'aident à grandir de plus en plus.

Fais des empreintes de feuilles

Ramasse des feuilles en automne quand leurs couleurs sont les plus belles et réalise ce projet d'art tout simple! Assure-toi d'avoir l'aide d'un adulte pour faire cette empreinte de feuille.

Matériel :
- Des feuilles d'automne colorées (REMARQUE : il est préférable d'utiliser des feuilles qui sont encore tendres et fraîches pour cette activité.)
- Du papier pour aquarelle (magasins de fournitures artistiques)
- Du papier essuie-tout
- Un petit marteau

Étapes à suivre :

1) Choisis une feuille dont la couleur est vive ou foncée.

2) Pose-la sur le papier pour aquarelle. Recouvre-la d'un essuie-tout.

3) Frappe doucement sur toute la surface de la feuille avec le marteau.

4) Enlève l'essuie-tout, puis la feuille. Admire ta superbe empreinte sur le papier!

GLOSSAIRE

arbres à feuillage persistant : arbres qui ne perdent pas leurs feuilles durant l'hiver.

chlorophylle : substance à l'intérieur des feuilles qui leur donne une couleur verte et les aide à fabriquer de la nourriture pour les plantes.

cicatrice : marque laissée sur une branche après la chute d'une feuille.

élément nutritif : substance qui nourrit ce qui est vivant et aide les plantes à rester en bonne santé.

gaz : substance, comme l'air, qui se répand et remplit tout espace pouvant la contenir. Pour fabriquer la nourriture des plantes, les feuilles extraient dans l'air un gaz appelé dioxyde de carbone.

nervure : minuscule tube à l'intérieur d'une feuille. Les nervures transportent l'eau jusqu'à la feuille et la nourriture jusqu'à l'arbre.

photosynthèse : processus qui permet aux feuilles de transformer la lumière du soleil, l'eau et le dioxyde de carbone en nourriture pour les plantes.

racine : partie d'une plante qui pousse sous terre. Les racines recueillent l'eau de la terre.

POUR EN SAVOIR PLUS

LIVRES

Regarde, c'est l'automne (Apprentis lecteurs : Sciences), d'Allan Fowler, ISBN 978-0-545-99507-8

Le gros tas de feuilles (Clifford : Lis avec Clifford), de Josephine Page et Norman Bridwell, illustrations de Jim Durk, ISBN 978-1-4431-3700-3

Arbres de chez nous (Le Canada vu de près), d'Elizabeth MacLeod, ISBN 978-1-4431-0740-2

J'aime l'automne (Je peux lire!), de Hans Wilhelm, ISBN 978-1-4431-2954-1

SITES WEB

Site des **Forêts, Faune et Parcs du Québec** : pour en savoir plus sur les forêts québécoises et les principales essences d'arbres

Site du **Jardin botanique de Montréal** : section « Se documenter » sous « Carnet horticole et botanique »

Site de l'**Association forestière du sud du Québec** : la clé forestière (liste de conifères et de feuilles en été et en hiver)

INDEX